कविता संग्रह

मुसाफ़िर

कल भी आज भी

मीनू लोढ़ा

Published by:

Gurucool Publishing
#102, SaiKrupaNilayam,
Nagendra Nagar, Habsiguda, Hyderabad – 500 007
Ph: 040–69999200,
E-mail: info@gurucoolpublishing.com

Author: मीनू लोढ़ा

ISBN: 978-81-19170-15-9

First Edition – 2023

Production Executive	: Madan Mohan R, Hyderabad
Cover Design by	: Majestic Designs, Hyderabad
Printed at	: Devanshi Digital Printers Hyderabad

सादर समर्पण... !
स्वर्गीय पिताश्री

श्री ए. आर. भंसाली साहिब

को
सादर समर्पित

लेखक की दृष्टि में

'मुसाफ़िर-कल भी आज भी'

जीवन के अपने रंग हैं, इसका अपना सौन्दर्य है। जीवन की सबसे बड़ी ख़ूबी यह है कि यह कभी एक-सा नहीं रहता। समय और जीवन की अद्‌भुत और अनकही प्रतिस्पर्धा चलती रहती है। उद्भव से अन्त तक जीवन न जाने कितने पड़ावों से गुज़रता है। ऐसे ही पड़ावों से गुज़रते हुए, जीवन के सौन्दर्य को जीते हुए और इसके रंगों को अपनाते हुए, जीवन को जिस रूप में मैंने देखा है, अनुभव किया है, उन्हीं अनुभवों को मैंने शब्द दिये हैं, कविताओं के रूप में कहने का प्रयास किया है अपने पहले कविता संग्रह **'मुसाफ़िर-कल भी आज भी'** में।

'मुसाफ़िर-कल भी आज भी' जीवन यात्रा में स्वयं को खोजने की कविताएं हैं। हो सकता है मेरा शब्द संयोजन ज्यादा परिपक्व न हों, पर विचारों और कल्पनाओं के नीड़ में स्वयं को ढूंढ़ने और देखने का प्रयास अवश्य ही है। यह प्रयास कितना सार्थक है, यह शुभचिन्तकों और पाठकों पर छोड़ती हूं।

-मीनू लोढ़ा

आभार

राजस्थान की सांस्कृतिक राजधानी कही जाने वाली सूर्यनगरी जोधपुर में मेरा जन्म और लालन-पालन हुआ है, जहां मां, नाना साहब और ननिहाल पक्ष से मुझे पढ़ने-लिखने की प्रेरणा और प्रोत्साहन मिला।

जोधपुर की संस्कृति, आपसी सौहार्द्र के वातावरण और सम्बन्धों के लिये आदर-सम्मान ने कहीं न कहीं प्रत्यक्ष अथवा अप्रत्यक्ष रूप में मेरे व्यक्तित्व को तो गढ़ा ही है, मुझे लेखन के लिये भी प्रेरित किया है।

'मुसाफ़िर-कल भी आज भी' के रूप में कवितायें लिखने की प्रेरणा मेरे पिताश्री रहे हैं, जिन्हें मैं **'डैडी'** कहकर बुलाया करती थीं। उनका आशीर्वाद, संस्कार और शिक्षा मेरी अनंत पूंजी हैं।

मेरी पूजनीय माता श्रीमती शशि भंसाली जी की प्रेरणा और प्रोत्साहन के कारण ही कविताओं का यह पुष्प आप सभी तक पहुंचाने में सफल हो पाईं हूं। उनके प्यार और आशीर्वाद के लिये मैं अपने हृदलतल की अनंत गहराइयों से आभारी हूं। साथ ही मेरे लेखन की यात्रा में जिनका भी प्रत्यक्ष अथवा अप्रत्यक्ष रूप में प्रोत्साहन, सहयोग और संबल मिला है, मैं उन सभी के प्रति भी अपना आभार प्रकट करती हूं।

अपने परिवार, बड़े-बुजुर्गों, पति श्री सुखेन्द्र लोढ़ा और बच्चों- अनीशा ओपिल जैन एवं आशीमा अभिनय दत्ता के

अमूल्य साथ-सहयोग एवं शुभचिन्तकों का जो आशीर्वाद मुझे मिलता रहा है, उसी आशीर्वाद से हर्षित, मैं मेरा प्रथम कविता संग्रह '**मुसाफ़िर-कल भी आज भी**' आप सबको सौंपती हूं।

-मीनू लोढ़ा

अनुक्रमणिका

मेरे पापा

वे रुके नहीं, वे थके नहीं
देने में, सिखाने में, अक्षय पात्र सम रहे
आदर्श संस्कार दिये, बेपनाह प्यार दिया
दिखते थे सख्त, थे मगर रुई से नरम
समझते थे मेरे दिल का हर मरम।

नियमों से सख्त थे, इरादों से दरख्त थे
ध्यान सबका रखते, पारखी थी नज़र
समझ थी ग़ज़ब, अथाह था उनका थाह
सागर जैसा मन, मेरु सम था धीरज
अम्बर सा था दिल का आंगन।

खुशियां भरपूर दीं, हर सपने को सींच
पूरा करने की सीख दी
हर पल अडिग रहे, हर पल सजग रहे
आंखें जिनकी हंसती थीं
लब पे नाम मेरा हर पल ही रहता।

कभी मेरे गुरू, कभी कृष्ण सम सखा से
लगते थे
न जाने क्यूं छोड़ गये मुझको
चले गये उस देश जहां से आता नहीं
कोई चिट्ठी या संदेश
ऐसे थे मेरे पापा, ऐसा था मेरा बचपन।

मेरी मां

वो ताउम्र प्यार करतीं
और प्यार जताने के
नये नये तरीक़े खोजतीं
मेरी हर ग़लती पर
वो अपने आंचल का पर्दा डालतीं
वो मेरी मां, अब ज़रा चुप-सी रहती है।

पापा से लड़ हमारा हर कहा मनवातीं
अपनी निष्पक्षता का हम भाई-बहनों को
हर पल अहसास करातीं
वो मेरी मां, अब ज़रा चुप-सी रहती है।

ख़ुद के लिये चाहे लड़ी न लड़ीं
हमारी हर लड़ाई में झांसी की रानी बन
जीतने का हुनर सिखातीं
वो मेरी मां, अब ज़रा चुप-सी रहती है।

आदर, सत्कार, सम्मान जैसे शब्दों को जीवन में ढ़ाल
उन पर अमल करने का पाठ हर दम पढ़ातीं
वो मेरी मां, अब ज़रा चुप-सी रहती है।

शायद पापा के जाने के बाद बिखर गई हैं
शब्दों को अपने विराम लगा चुकी हैं
न कोई सीख, न कोई सवाल, न जवाब
वो मेरी मां, अब ज़रा चुप-सी रहती है।

गुरू

गुरू एक रूप अनेक
गुरू, गुरूवर, भानु, निशाकर तुम।
ज्ञान की पाती, प्रकाश का पुंज तुम
हर तिमिर के हरणकर्ता तुम।

धरा वसुंधरा प्रकृति वायु बरखा पर्वत
अग्नि, पानी अम्बर तुम।
नव संचार-सृजन, नव अंकुर तुम
प्रलय तुम, निर्माण भी तुम।

हर रूप में गुरू
हर रस के ज्ञाता तुम
हर रंग की व्याख्या तुमसे
हर कलम का अक्षर तुम।

माता-पिता सखा में तुम
सत् असत् शाश्वत नित
सभी में हो तुम।

गण तुम, एकाक्षर तुम
किस-किस रूप में करुं प्रणाम
मेरे हर अज्ञान का निवारण तुम।

अज्ञानी मै, सुविज्ञ तुम,
हर ज्ञान का अंश
पहुंचे मुझ तक
यही वरदान देना तुम।

मेरे पास भी बैठा करो

अलसाई-सी अंगड़ाई से जब उठती हो
छोड़ मुझे रोज़ के कामों में लग जाती हो
मेरी आंखें कहती रहती है तुमसे, ओ मां!
मेरे पास भी बैठा करो।

भागती दौड़ती सबकी ज़रूरत पूरा करती हो
सबके चेहरे की शिकन दूर करती हो
मेरा दिल कहता तहता है तुमसे, ओ मां!
मेरे पास भी बैठा करो।

देखते ही देखते दिन ढ़ल जाता है
तुम्हारी साड़ी शाम तक कुम्हला जाती है
मेरा महकता कुरता कहता रहता है तुमसे, ओ मां!
मेरे पास भी बैठा करो।

क्या कभी थकती नहीं हो, मां!
लबों की ये मुस्कान क्या पहन कर जीती हो!
मेरा बांवलापन कहता रहता है तुमसे, ओ मां!
मेरे पास भी बैठा करो।

दिल की धड़कन से सब समझ लेती हो,
दर्द आंखों से पढ़ लेती हो,
पर मेरा दीवानापन कहता है, ओ मां!
मेरे पास भी बैठा करो।

अरसा हो गया साथ निभाते-निभाते
वक़्त मानो रेत-सा फिसलता रहा
उम्र का तक़ाज़ा कहता रहता है, ओ मां!
मेरे पास भी बैठा करो।

बचपन कहीं खो गया

उंगलियों की पोरों से समंदर की
मिट्टी पर अपना नाम लिखना।
फिर पानी से मिटते देख खुश होना
खेल-खेल में चुपके-चुपके से
आंखों के कोनों से देखना।

कटी पतंग को पकड़ने दौड़ना
और सबसे जीतने की होड़ में
नंगे पांव गलियों में भागना।
किवाड़ों के पीछे चुपचाप खड़े रहना
खिड़की-झरोखों से
मेहमानों को छुप-छुप कर देखना।

छोटी-छोटी बातों पर सखियों को
भगवान की क़सम दिलवाना।
सच बोलने की दुहाई देना
शाम पड़े छत पर खड़े हो
आंखें बिछा बाबूजी की राह तकना।

मां की साड़ी के पल्लू से
हर बार गीले-गंदे हाथ पोंछना।
बिना हिचक के नाचना गाना
बात-बात पर ज़िद कर जाना।

पढ़ेंगी तो नवाब बनेंगी, खेलेंगी तो ख़राब
ये रोज़ सुनने वाला जुमला
इतनी सारी बचपन की बातें
और बातों में छिपा वो अपनों का प्यार।

ये वाला मेरा बचपन कहीं खो गया
गर किसी का बचपन छुपा पड़ा हों
तो दे देना ज़रा मुझको उधार
मेरा तो ये वाला बचपन कहीं खो गया।

सोचा आज

सोचा आज कुछ पल निकाल लूंगी
इस भागती दौड़ती ज़िन्दगी में से
अपने लिए कुछ पल निकाल लूंगी।

थोड़ा योगा थोड़ा ध्यान करुंगी
थोड़ा खुद को संवार लूंगी
कुछ अपने लिए नया बनाऊंगी
कुछ अपने लिए नया सीखूंगी
अपने लिए कुछ पल निकाल लूंगी!

बहुत सपने बुने, बहुत ख्वाब देखे
और जितना सोचा था
उसे पूरा करने की खुशी में
न जाने कब नींद लग गईं।

उठीं तो याद आया
रात का विचार और फिर
भर आईं आंख बार बार
किसके समय से काटने थे ये पल!
था कौन जो मांगता मेरा समय!!
बच्चे तो कब के पंख लगा उड़ चले
हम दोनों पति पत्नी के पास था
असीमित समय और ख़्यालों का पिटारा!

न कोई आने वाला था
न कोई जाने वाला था
उम्र के इस मोड़ पर
समय निकालना तो बहाना था
मुझे तो सिर्फ ख़्यालों में, खुद को व्यस्त बताना था।

मेरी कलम

कोरे काग़ज के पन्नों पे
अल्फ़ाजों का रंग चढ़ाती
मन के दरीचों को खोल जाती है
कलम मेरी बहुत कुछ कर जाती है।

अधूरे ख़्वाबों को पूरा कर देती
बेलिबास कर जज़्बातों को हवा देती
छिपे हुए दर्द को आधा कर जाती है
कलम मेरी बहुत कुछ कर जाती है।

गूंगी जुबान के बोल खुलवाती
बंद हुई आंखों को खोल जाती
सतरंगी-सा सारा जहां कर जाती है
कलम मेरी बहुत कुछ कर जाती है।

बेहिसाब हसरतों को पंख लगाती
दश्त-ओ-सहरा में गुल खिलाती
फ़लक को छू बादलों पे उड़ आती है
कलम मेरी बहुत कुछ कर जाती है।

पांव में बंधी ज़ंजीर तोड़ देती
बिन पतवार साहिल तक पहुंचाती
गरदिश में भी राह दिखाती है
कलम मेरी बहुत कुछ कर जाती है।

मेरा आंगन

झमूता-सा ये मेरा आंगन
खुशियां भरी इसमें अपार हैं।
संवरते-से सब के ख़्वाब
महकते-से अनेक अहसास हैं।

पनपते हुए ढ़ेरों जज़्बात हैं
सभी ने मानो घर में मेरे
अपनी-अपनी जगह बनाई है।
प्यार की पल-पल बजती गुहार है
नैमतें हमको मिलीं हज़ार हैं।

पतझड़ में भी मानो हर पल
चहकती यहां बहार है।
सुर्ख़ पलाश और गुलमोहर
बिखेरते रंग बेशुमार हैं।
पिघलती धूप और
चमकती चांदनी ने जैसे
चादर एक मखमली-सी फैलाई है।

हर वक्त गुनगनाते चेहरे
सपने संजोती सबकी आंखें
उजालों से भरी सुनहरी सहर
अंधियारे को भी गले लगाते
वफ़ादारी निभाते सबके साये हैं।
ना साज़िशों को पनाह है
ना कोई उलझा हुआ यहां है।

झरोखों से आती मीठी बयार
तो उदासी का यहां क्या काम है।
ना किसी ने उसकी जगह बनाई है
सिर्फ प्रेम प्यार की अनुभूति है
मेरा खिलखिलाता-सा आंगन
इसी में मेरी जान सिमट आई है।

कविता की रौनक

न जाने कैसी ये रौनक-सी छाई है
जहां देखो कविता ने धूम मचाई है।
शब्दों की, अलंकारों की, रूपकों की,
लय की, छंद की, मुक्तक की बहार छाई है।

कोने-कोने से न जाने कितने ज्ञानी जनों ने
कभी हिन्दी की, कभी उर्दू की फुहार लगाई है।
अनपढ़ अज्ञानी मेरे जैसे भी सीख गये हैं
जोड़-तोड़कर हमने कविताओं की होड़ लगाई है।

नहीं जानती कितने पानी में है अक्स मेरा
बस मैंने भी मौक़े पर छक्कें की गेंद उड़ाई है।
नहीं जानती सही है या ग़लत इस तरह से लिखना
जोड़ना तोड़ना मरोड़ना तुकबंदी करना
परंतु हालात ऐसे है कि हर घर से
किसी के कवि बन जाने की आवाज़ आई है।

कुछ के दबे हुए जज़्बात किसी के टूटे-से ख़्वाब
किसी के दिल के आंसू किसी के लबों की मुस्कान
सभी ने मिलकर लेकिन सतरंगी फ़िज़ा बिछाई है।
जब किसी को कहनी है मन की बात
कोरे काग़ज पर इसी कलम ने रंगों की बरसात कराई है।

अम्बर का दरबार

बड़ी खलबली मची थीं अंबर के संसार में
छिड़ा हुआ था विवाद चांद सूरज के दरबार में।
भला कैसे करुं चयन दोनों के मध्यान में
बनती दोनों से ही शान मेरे आसमान में
ना कोई छोटा है ना कोई बड़ा मेरे दरबार में।

सूरज देता नया सवेरा, चांद देता सपनों को सेहरा
सूरज देख खिलती वसुंधरा, चांद देख शरमाता अंधियारा
दोनों से ही सजता मेरा आंगन बिन दोनों न होगा गुज़ारा।

प्रभाकर अकेला चमकता,
तारों संग महफ़िल सजाता निशाकरा
एक दिखाता नयी राह, एक नयी चाहों की राहें बुन जाता
दोनों को सजदा करते सबके हाथ तभी होता मेरा सत्कार
कैसे कहूं फिर छोटा बड़ा सजता दोनों से ही मेरा दरबार।

तभी आया घूमते हुए एक बादल,
काला घना पानी से भरा
मुझको देख छुप जाते चांद सूरज,
न आता नज़र किसी का चेहरा
तो फिर बताओं हुआ कौन छोटा कौन बड़ा?

मुसाफ़िर कल भी थी

मुसाफ़िर कल भी थी
मुसाफ़िर आज भी हूं
कल तक अपनों को ढूंढ़ती थी
आज खुद को ढूंढ़ती हूं।

पहले ज़माने की बंदिशों से डर
रुक-रुक कर चलती थी
अब पंख लगाकर उड़ती हूं
फ़लक छूने का सफ़र तय करती हूं।

कल तक स्याह रात से डरती थी
अंधेरे में से रौशनी खोजती थी
आज एक कटोरा धूप का
हरदम साथ लिये चलती हूं।

कभी चांद के साथ
रात-रात भर आहें भरती थी
आज उसी की महफ़िल में
तारों के संग थिरकती हूं।

अहसास जो कभी जुबां पर
लाने से भी कांपती थी
आज उन्हें बेख़ौफ़ हो
हवा में बिखेरती हूं।

कभी कदमों के निशान भी
माप कर चलती थी
आज मुट्ठी भर आसमान लिये
दौड़ती-सी मिलती हूं।

मुसाफ़िर कल भी थी
मुसाफ़िर आज भी हूं
कल तक अपनों को ढूंढती थी
आज ख़ुद को ढूंढ़ती हूं।

समय

समय की अविरल धारा बहती, पल-पल हर पल
क़ीमत जिसने पहचानी इसकी, उसी का होगा वो पल।
जो रुक गये तो थम जाओगे, पर दौड़ कितना भी लो
आगे नहीं निकल पाओगे।

हर घड़ी रूप बदलती,
धीरे चलती तो कभी भगाती
सबको अपना नाच नचाती
संभल सके तो संभल
उठापटक इसकी आदत
तुम चाहे बेचो ज़िंदगी
बेचो प्यार या फिर ख़्वाब
इसका एक भी पल
ख़रीद कभी न पाओगे।

जो समझ गया क़ीमत इसकी
उसी का हो जायेगा ये पल
जो ना चले इसके संग
मानो यक़ीन पिछड़ ही जाओगे।

सदा से इतिहास गवाह है
जिसने चाहा समय को पकड़ना
करना पड़ा हार का सामना
न कल है, न आज है, जो है वो
बस यही पल है
ये समझ गये तो तर जाओगे।

ज़िन्दग़ी तू साथ देती चल

ज़िन्दग़ी तू साथ देती चल
निभ जायेंगी तेरी मेरी हर पल।
कभी तू मेरी सुनना कभी मैं भी
सुन तेरी बात आगे जाऊंगी निकल।

जो हम दोनों रहे ग़मगीं और ख़फ़ा
तो साथ नहीं होगा कोई पल।
तू भी सदा मुस्कुराती हंसती रह
मुझे भी देती जा खुशियों के पल।

साहिल की तरफ मोड़कर कश्ती
तूफां के थपेड़े साथ सह हर पल।
तैरेंगे साथ मिलकर समंदर को
तो हो जायेंगी सारी मुश्किल हल।

तो तेरे तार पर मैं सुर लगाऊं
तू फिर धुन कोई मधुर बजा हर पल।
राग अलाप की बारीक़ी मैं न जानूं
बस संगीत अच्छा जायें निकल।

धूप-छांव के छींटे तू बिखेर
अहसास जज़्बात मैं समेटूं हर पल।
बाकी़ तेरा सारा नज़राना मंजूर
बस तू मेरे ख़्वाबों पर ना चल।

प्यार मुहब्बत का लिबास मैं ओढ़ूं
तू बस रूह को सम्भालती जा हर पल।
लेकर फिरेंगे अरमानों का झोला
जाने किस शाम होगा आख़िरी पल।

संभलना होगा एक बार फिर

इतना हाहाकार मचा है चारों ओर
ज़िन्दग़ी फिर भी थम-सी गई है।
इतना कुछ बिखरा पड़ा है चारों ओर
ज़िन्दग़ी भी खुद में सिमट-सी गई है।

एक ज़लज़ला आया
सब कुछ हिल गया चारों ओर
इंसान फिर भी मूक-सा खड़ा रह गया है।

किसी मांग का सिंदूर
किसी की मां का आंचल
किसी की आंख का तारा
किसी की आस, किसी का विश्वास
किसी के दिल का टुकड़ा
सब कुछ कितना टूटा पड़ा है चारों ओर
इंसान फिर भी उसे समेटने में लगा रह गया है।

उठना होगा हमें, साहस बटोरना होगा
सब को सहारा देना होगा
बुझे हुए चिराग़ों को रौशनी देनी होंगी
खुद ही कृष्ण, खुद ही अर्जुन बनकर चारो ओर
एक दूसरा कुरुक्षेत्र-सम मौत का मंजर रोकना होगा
इंसान बनकर इंसानों की इंसानियत का
भव्य अवतार प्रस्तुत करना होगा।

दीपाली का त्योहार आया

दीवाली का त्योहार आया
जगमग सबने सब कुछ चमकाया
कोशिश कर मन भीतर भी टटोला
कुछ समय के लिये ही सही
पर अंदरुनी सफ़ाई करने का
भी रहा बोल बाला।

फिर चढ़ा कढ़ाई में घी और तेल
और लग गया पकवानों का ढ़ेर
गुजिया की तरह मिश्री घोली
मठरी की तरह खुद को
भी ख़स्ता कुरकुरा बनाया!

आई दीपों की अवली लगाने
अमावस्या की वो काली घनी रात
टिमटिमाये घर-घर रौशनी के चिराग़
फिर सभी ने कर कोशिश सजाया
खुद को और अपने आचरण
में भी लगाये चार चांद।

फिर आया पांच दिन के त्योहारों का अंत
समेटे कुछ ने दीपक पानी में बहाने
कुछ ने रखे अन्दर अगले साल दीवाली सजाने
और उसी के साथ लग गये
सभी रोजमर्रा की आपाधापी में!

पहला प्यार

न मैं जानती थीं
न तुम जानते थे
प्यार का मतलब!

मगर कुछ होता था,
अनजाने में तुम्हारा
हाथ जब छू जाता था।

हवा महकती थीं
तुम्हारे कदमों की
आवाज़ जब आती थीं
दिल झूम उठता था जब
निगाह तुम्हें देख लेती थीं।

कभी छत पे जाकर
तुम्हें छुप छुप देखना
कभी किताबों के बहाने
तुमसे मिलने आना
बड़ा अच्छा लगता था।

होली दीवाली की
क्या बात करुं
नित सजने को
मन करता था।

पहले प्यार का तो पता नहीं
पर हां तुम्हारा तसव्वुर से
हर ख़्वाब सजता था
तुम्हें न देखूं तो
दिल में तूफ़ां-सा उठता था।

पहले प्यार का तो
पता नहीं, पर हां
तुमसे मिलने का हर
रोज़ नया बहाना बनता था।

बदला हुआ संसार

कुछ बदला बदला-सा ये संसार
भीड़ भरी सड़कों पर हारा हुआ इंसान
आंखों में लाखों टूटे सपने
लबों पे लिये झूठी मुस्कान
हर शख़्स मानों सूखा बेजान दिखता।

रौशनी की जगमगाहट के पीछे
एक साया डरावना-सा
हर पल साथ रहने को
लालायित रहता।
घर सूने, सूने चौबारे पे
लेकिन हड़कंप मचता।

चकाचौंध इतनी कि जगमग
सारा आशियां दिखता।
दिलों में झांकों तो
बिखरे अक्स का जमघट!
बाहर का नज़ारा
चुम्बक की माफ़िक खींचता
उजाले का ये संसार
अपनी रौशनी को तरसता।

घरों का चूल्हा
तवे की रोटी की राह तकता

फुटपाथ पे वो बच्चा
अमीर गाड़ी को खोजता
मुसाफिर सभी बनते
मंजिल तक कोई नहीं पहुंचता।

बेचैनी से याद आई

उसकी पेशानी की
कुछ लंबी सिलवटें
शायद किसी सहलाने
वाले हाथों का इंतज़ार
कर रही थीं।

बेहिसाब राज छुपाती
निगाहों की वो करवटें
शायद किसी के भरोसे
का इंतज़ार कर रही थीं।

पलकों की नमी में
छुपी कुछ हसरतें
एक महकते हुए गुलाब
की राह देख रही थी।

ठौर खोजती वो
बिखरी ख्वाहिशें
शायद अपना खोया
मक़ाम वापस चाहती थीं।

बस इस तरह बेचैनी से
याद आई थीं आपकी कुछ बातें।

मुझको मैं बनकर ही जीने देना

चलो सीता तो मैं बन जाती हूं
दुख-सुख में साथ निभाने का
वादा भी कर लेती हूं
पर तुम राम बन मुझे
लोक लज्जा की ख़ातिर छोड़ मत देना
क्योंकि इस बार मुश्किल होगा
धरती मां की गोद में समा जाना।

चलो एक बार मीरा बनकर
तुम्हारे नाम की माला भी उम्र भर जप लूं
पर तुम कृष्णमूर्त की तरह सिर्फ़ देखते मत रहना
कभी आकर प्यार भरे हाथ मेरे सिर पर रख देना
केवल पत्थर मत बने रहना
क्योंकि इस बार अहसासों के
साथ मुझे भी अच्छा लगेगा जीवन जीना।

गांधारी तो बनने मत देना
तुम्हारी तरह आंखें मूंदकर
अपने ही परिवार का
नरसंहार देखने मत देना।

इस बार
ग़लत और सही की पहचान कराने वाले
नये युग के धृतराष्ट्र तुम बन जाना।

द्रौपदी बनकर जीना ना तो मुझे भायेगा
ना तुमको ही रास आयेगा
और फिर इस बार
ना तो कुरुक्षेत्र का दर्द हम सह पायेंगे
ना गीता जैसा ज्ञान कोई हमें दे पायेगा।

उर्मिला यशोधरा राधा बनना
ऐसा तो कभी भी बोल मत देना
त्याग की देवी बनने से तो अच्छा है
तुम्हारा सहारा और साथी बनकर रहने देना।

कुछ मेरी अच्छाइयों में बुराई बता देना
कुछ मेरी बुराइयों में अच्छाई ढूंढ़ लेना
लेकिन तुम मेरा साथ कभी ना छोड़ना
और हां
आज मेरे हर समर्पण से खड़ा होना पड़ेगा
तुमको भी कटघरे में और करना पड़ेगा
मेरे प्रश्नों का सामना -
क्योंकि
जब तक स्त्री की अस्मिता का करोगे नहीं सम्मान
अपनी संस्कृति के ईश्वरत्व की
नहीं कर पाओगे पहचान!

बस तुम, तुम ही बनकर रहना
और मुझे भी मैं बनकर ही जीने देना
सीता द्रौपदी बनने को मत कहना।

मुमकिन नामुमकिन

तुम मुझे दर्द न दो मुमकिन है,
मेरा दर्द बांट सको नामुमकिन है।

तुम मुझे उड़ना सिखाओ मुमकिन है,
उड़ने से रोक सको नामुमकिन है।

तुम मुझे खुशियां दो मुमकिन है,
पर उनको मुझ तक पहुंचने न दो नामुमकिन है।

तुम मुझे आवाज़ दो मुमकिन है,
आवाज़ उठाने से रोक सको नामुमकिन है।

तुम मेरी सीमायें तय करो मुमकिन है,
पर उनको तोड़ आगे बढ़ने से रोक सको नामुमकिन है।

हमसफ़र बनो मुमकिन है,
हमराज़ बन सको नामुमकिन है।

तुम मुझे जीने दो मुमकिन है,
पर खुली हवा में सांस लेने से रोक सको नामुमकिन है।

याद आती है

वो काग़ज की कश्ती याद बहुत आती है
पर बारिश में भीगना सब भूल गये
ऊंची इमारतों ने जो बांध लिया है।

वो तारे सितारे गिनना याद आता है
वो आसमां तले बेपरवाह सोना याद आता है
छत पर जाना लेकिन सब भूल गये।

कमरों के दायरे जो सीमित कर लिए
वो पन्नों पर लिखे सुनहरे अक्षर याद आते हैं
पर कलमों से चिट्ठियां लिखना भूल गये।

अंगुलियों से लिखना जो शुरू कर दिया
किताबों की कहानियों में खो जाना याद आता है
पर उनके किरदारों को याद रखना भूल गये।

ज़िन्दग़ी को ही नाटक बनाना जो आ गया है
रूई के गद्दों पर सुकून से नींद लेना याद आता है
पर दोस्तों के साथ मस्ती करना सब भूल गये।

रातें जो घर के बाहर बितानी शुरू कर दी
वो गलियारे और चौबारे पर करना धमाल याद आता है
शहर की हवा में जीना भा गया,
गांव का रास्ता सब भूल गये।

आप भूल मत जाना

पापा आपने मुझे भेज तो दिया
पर मेरा बचपन पड़ा है आपके पास!
उसके बदले कुछ लेने आऊंगी ज़रूर
आप भूल मत जाना।

मेरी नटखट-सी हंसी बिखरी पड़ी है वहां बरामदे में
गर कभी हुई मायूस नयी ज़िन्दग़ी में
तो मेरी मुस्कान लेने आऊंगी ज़रूर
आप भूल मत जाना।

नयी फुलवारी को सजाते
गर कुछ फूल कम पडें तो
महफ़ूज रखे किताबों के फूल लेने आऊंगी ज़रूर
आप भूल मत जाना।

कभी नये रिश्तों में घुटन-सी महसूस होने लगीं गर
तो छत पर बैठ आपके साथ पुरानी
यादें बांटने आऊंगी ज़रूर
आप भूल मत जाना।

अदब और नज़ाकत से रहते गर कभी मैं थक जाऊं
तो गलियारे में दोस्तों संग
आंख मिचोली खेलने आऊंगी ज़रूर
आप भूल मत जाना।

नये रिश्तों की सम्भाल-समझ में
जो कभी मन हिचकोले खाने लगें
तो आपके प्यार भरे उल्हाने सुनने आऊंगी ज़रूर
आप भूल मत जाना।

सिर्फ़ मेरे आने का इंतज़ार मत करना
कभी आपको भी याद जो मेरी आयें
बस मुझे इशारा कर देना
मैं दौड़ी चली आऊंगी ज़रूर
आप भूल मत जाना।

परेशानी भी हो परेशान

मोड़ दे आंधियों का रुख
कर लहू को इतना सुर्ख
कि देख तेरा हौसला
परेशानी भी हों परेशान ज़रा!

निस्तब्ध अंधियारे के बाद सहर
तिमिर के उस पार रौशनी का घर
कि उठ! चिराग़ जला ज़रा
परेशानी भी हों परेशान ज़रा!

कर मुकाबला मुसीबतों का
रख मस्तक को ऊंचा सदा
कि देख तेरा ज़लज़ला
परेशानी भी हों परेशान ज़रा!

भूल पुरानी बिसरी यादें
छोड़ टूटे विश्वास के टुकड़े
कि देख तेरा जज़्बा
परेशानी भी हों परेशान ज़रा!

कर अतीत का एक बार फिर विचार
सुनहरे पलों से भी होगा दीदार
कि दहका फिर कोई अंगारा
परेशानी भी हों परेशान ज़रा!

हर शै हो रौशन ऐसी मशाल जला
रखे सदियों तक ज़माना याद तुझे
कि मिसाल एक मुकम्मल बना
परेशानी भी हों परेशान ज़रा!

वो हमें छोड़कर चले गए

हां, वो हमें छोड़कर चले गये
लेकिन इतनी यादें इतना प्यार छोड़ गये
कि ये दिल कभी मानेगा ही नहीं
कि वो चले गये!

जो गया, वो अजीब था, शरीर था
लेकिन जो उनका जीव था, चेतन था
जो आत्मा थीं, वो नये आयामों की छू गईं
फिर कौन बोलेगा कि वो चले गये!

उनका रुतबा, उनकी आवाज़, वो बड़प्पन
ना दिखेगा, ना सुनाई देगा
लेकिन सबके दिलों में झांक कर देखना
फिर कौन बोलेगा कि वो चले गये!

वैसा प्यार, वैसा भरोसा
वैसा ही घर के प्रति समर्पण
मेरी मां की आंखों में झांक कर देखना
फिर कौन बोलेगा कि वो चले गये!

उनकी कमी तो कभी पूरी नहीं हांगी
उनकी खुशबू कभी कम नहीं होंगी
हम उनके आभारी हैं, उनके उपकारी हैं
ये सोच मजबूत रखकर देखना
फिर कौन बोलेगा कि वो चले गये!!

इतना आसान नहीं है

इतना आसान नहीं है
जीवन का हर किरदार निभा पाना
इंसान को बिखरना पड़ता है
रिश्तों को समेटने के लिये।

इतना आसान नहीं है
उषा की किरणों को देख पाना
भोर के अनुरागिनी प्रकाश में
अनहद नाद उठाना पड़ता है।

इतना आसान नहीं है
समन्दर की गहराइयों को छू पाना
खुद की लहरों को ही पहले
फ़लक तक पहुंचाना पड़ता है।

इतना आसान नहीं है
सिंदूरी नभ का सिमट जाना
चांदनी बिखेरने के लिये
सूरज को भी छुपना पड़ता है।

इतना आसान नहीं है
सपनों का सच हो जाना
पलकों पर सज़ाकर उनको
ज़र्रा-ज़र्रा सींचना पड़ता है।

सारे काश हटा

मन से सारे काश हटा
ख्वाहिशों को ढ़का जिसने
उस कोहरे को धूप दिखा
बुन नये जज़्बात आंखों में
कुछ नया देखने-करने का
खूबसूरत-सा अहसास जगा।

जहालत के वजन से बाहर आ
कुछ खुद पे भी रहम कर
ग़र तर्पण न हुआ उन
मरे हुए ख़्वाबों का तो
भटकते रहेंगे, सताते रहेंगे
न पूरे होंगे, न जीने देंगे
न सुकून देंगे, न कोई और
आस जगाने देंगे
सिलवटों में कहीं दवी
फड़फड़ाती ही रहेंगी
जीवन की अधूरी चाहतें
उठ! सब काश हटा, चल कदम बढ़ा।

वो बंजारा

वो बंजारा-सा बना
बालू मिट्टी के टीले पर खड़ा
प्रेम की दुहाई देता
मुट्ठी में रेत पकड़ता
बंजारन की धनक से महकता रहा।

एक हाथ से थामे नीले अम्बर को,
दूसरे से बादलों बीच तैरते
चंदा को बना अपनी रौशनी
उसकी खनक को खोजता रहा।

वो बावली पागल दीवानों-सी
बहती हवा में ढूंढ़ती रही
उसके संदेशों को
परिंदों के साथ बतियाती
दबाती रही अपनी कसक को।

ज़िम्मेदारी का बोझ

ज़िम्मेदारियों का बोझ लिए
अधरों पर मुस्कुराहट ओढ़े
ज़िन्दग़ी मेरी न जाने कहां
खिसकती चली गईं।

सबको रिझाते-बुझाते
रिश्तों को सम्भालते हुए
खुद के सपने लेना ही भूल गई
कितनी बातें दिल की दिल में
अव्यक्त ही रह गईं।

भटकता रहा बावरा मन मेरा
अधूरी हसरतों के साथ
खुद के अहसासों से परे होकर
मन्नतें सबके लिये मांगती रहीं
अनुरक्ति मेरी अधूरी रह गईं।

हसरतें खिलवाड़ करती रहीं
कभी उम्र का और कभी
समय का तकाजा देती रहीं
अब तो इन इच्छाओं से भी मानो
विरक्ति-सी हो गई।

क्या पाते हैं हम जीवन से
सीता, द्रौपदी, यशोधरा कुछ भी बन जायें
त्याग, समर्पण, समता के बाद भी
भक्ति हमारी अधूरी ही कही गईं।

फूल खिला

एक फूल खिला था बगिया में
देख उसको बोला चिड़िया ने
क्यूं इतने खिले खिले से रहते हो!
कल तो तुम तोड़ लिए जाओगे
अपनी टहनी से अलग हो जाओगे
फिर क्यूं रहते हो इतने खिले हुए!!

फूल बोला, है मुझको विश्वास बड़ा
एक रंग-बिरंगी तितली
कोमल पंखों से मुझे छू जायेंगी
कोई गुनगुनाता हुआ भंवरा
मेरी खुशबू से मदमस्त हो जायेगा
कोई भिनभिनाती मुधमक्खी भी
थोड़ा मेरा मधु बटोर कर ले जायेंगी
कोई माली अपना बग़ीचा सम्भाल
मुझे देख अपने श्रम पर मुस्कायेगा।

शायद कोई पुजारी आयेगा
भगवान की अर्चना में मुझे सजायेगा
या कोई प्रेमी ही आयेगा
प्रेयसी के बालों में मुझे सजायेगा
कहीं कोई दुल्हन को विदा करने
उसकी डोली सजाने ले जायेगा।

या फिर कोई दुखियारा आयेगा
किसी अपने की अर्थी पर चढ़ायेगा
इतना सब होगा मेरे छोटे से जीवन में
फिर बताओं क्यूं न रहूं मैं खिला खिला
आख़िर एक ही बार तो जीवन है मिला
यही सोचकर रहता हूं मैं हर पल खिला खिला।

पुराना ख़त

हवा के झोंके से फड़फड़ाता हुआ
वो सुर्ख लिफ़ाफ़े में बंद
काग़ज का पन्ना
तरसती निगाहों से
पुराने आशिक की माफ़िक
देख रहा था, मचल रहा था
बेनक़ाब होने के लिये।

कुछ तो हलचल मन में
मेरे भी हिलोरे खा रही थी
मगर हिम्मत मेरी मानो
टूटी हुई, बिखरी हुई-सी
किलमिल कर रही थीं
कदमों ने जकड़ रखा था
फड़फड़ाती हुई उंगलियों ने
उम्र को थाम रखा था
कैसे खोलती उस खत को
लिखावट उसकी
पुरानी-सी यादों को
ताज़ा कर रही थीं।

छोड़ गया था जो मझधार में
जीवन की पतवार को
आया था आज
उसी का ख़त दोबारा
उम्र के आख़िरी पड़ाव में

जिसे उठाकर पढ़ने की
न हिम्मत थीं न दिल था
मेरे आंसुओं ने बखुद
सहते हुए ग़मों से
निजात जो पा ली थीं।

निगाहें

निगाहें खुद
कितनी निगाहों के अफ़साने देखती हैं
कितनों की निगाहों के तराने सुनती है
कितनों की निगाहों के आंसू और
कितनों की निगाहों में मुस्कुराहट देखती हैं
कितनों की निगाहों की परवानगी देखती है
कितनों की निगाहों में शरमाहट देखती है!

किसने निगाहों से किसी को क्या कहा
किसने कहां तिरछी निगाहों से देखा
और किसने निगाहें छुपाकर देखा
किसकी निगाहें कहां झुकीं और
किसकी निगहों ने खेली आंख मिचोली!

कौन निगाहें चुराकर भागा अेर
कौन किसकी निगाहों को भाया
ये अलग-अलग निगाहों का खेला
शायद खुद निगाहों को भी बहुत है भाता
इसलिये ये निगाहें करवाती है
हमसे निगाहों का ये खेला।

पतझड़

मैं ऋतुओं में बसंत
तुम मानो मेरे पतझड़
मैं आदी तो तुम अनंत।

मैं फ़िज़ा में रंग बिखेरती
तुम देते पूर्णता को अंत।
मिलन दोनों का संभव नहीं
पूरक हैं लेकिन हम और तुम।

मैं जितना निखर आऊं
रंग तुम्हारे और गहराते जायें
तुम बयार बन खुशबू फैलाओ
मैं हरियाली की चादर बिछाऊं।

मैं संवर जाऊं जो तुम
रंगों को मेरे नया रूप दे दो
मेरी रंग-बिरंगी कायनात के
नव सृजन की पहली सोपान तुम।

मिलना शायद मुमकिन नहीं
एक-दूजे की खुशबू में ही
सदैव विलीन हो जायें हम।

जी लीजिये

जी लीजिये
प्याले में परोसी गई ज़िन्दग़ी
घूंट घूंट पी लीजिये
धीरे-धीरे जी लीजिये।

बड़े ज़ायक़े हैं भरे इसमें
चुस्की लेकर पी लीजिये
गर जाम समझ लें तो
छलकनी है ही बहकनी है ही
हर धुंए को नशा समझ पी लीजिये।

नशा चढ़ायेंगी, मदहोश करेंगी
इसे मयखाना समझ जी लीजिये।
कभी लड़खड़ायेंगी कभी बिगडेंगी
अहसासों के धागों से सी लीजिये।
कभी रुलायेंगी तो हंसायेंगी भी
प्रेम रस के प्याले से भर लीजिये।

चल चलते हैं

चल चलते हैं
ऐसे गगन के तले जहां
तेरे मेरे सुर के सिवा सिर्फ
नज़ारों की सरगम और उनके
सुर ताल ही बजते हैं।

हवा की सांय-सांय के साथ
ये पहाड़ी में झरने झरते हैं
वो नदी का कल-कल-कल बहना
दूर टीले पर मवेशी का मिमियाना
वो कोयल की कुहू-कुहू के साथ
पपीहे का अपनी ताल में चहकना
चल सब सुनने-देखने चलते हैं।

वो भंवरे की गुंजन, कलियों का खिलना
फूलों की चादर और कुश का बिछौना
बयारों की खुशबू और टपटप पानी का टपकना
बादलों की गड़गड़ाहट, पत्तियों की सरसराहट
चातक का प्यास बुझाना, मोर का झूम जाना
तेरा-मेरा भीगना और बारिश का झमझम बरसना
तारों का झिलमिलाना देख चांदनी का दुशाला ओढ़ते हैं
चल ऐसे गगन के तले चलते हैं
जहां नज़ारों के सुर सजते हैं
एक नयी दुनिया बसाते हैं।

चमकती रात

तुम कहां खोजते हो मुझे,
फ़लक के चांद-सितारों में
जो खुद ही गुम हैं
गुमनाम अंधियारों में!

कहां इनकी रौशनी मिलेंगी
कहां मिलेगा इनसे रास्ते का कोई सहारा
तिमिर के उस पार कहां उजियारे का कोई घर मिलेगा
धुंआ-धुंआ-सा हुआ मंजर, बेसुध-सा नीला पड़ा ये अम्बर
दरख़्तों ने भी मानो किया किसी मौन को धारण
नसों का वो जाला, आच्छादित होता जिससे हर एक पत्ता
बिखेरने को अपनी हरियाली सूख गया।

मानो खुद को रंगना भूल गया
क्या आफ़ताब, क्या महताब का नूर
उनके खुद के सितारे हैं गर्दिश में
कबूदी-सा हो गया है सारा आलम
बिखरा-सा पड़ा है सारा जहां
सिमटी-सी पड़ी है हर एक रूह
यादों के दायरों में क़ैद करके मुझे
क्या कभी ज़िन्दग़ी के गलियारों में
तिमिर से डरकर रह पाओगे, लड़ पाओगे
ये तन्हाई, रिसते हुए घाव, फ़िजा में बेज़ान से
झूलते हुए बेरंगी ख़्वाब
क्या कभी जी पाओगे।

ख़त

याद है मुझे एक ज़माना
जब हम चिट्ठी लिखा करते थे
मन की सारी बात
उन नीले-पीले लिफ़ाफों में
खूब गढ़ा करते थे।

सच्ची-झूठी बातों से सबका मन रखते थे
मन के भाव बरसते थे, प्यार विरह ढ़ेरों छलकते थे
आंखों का पानी मानो स्याही को धुंधला कर
पाती पे लुढ़कता था
उन्हीं अक्षरों को साथी मान कितनों का दिन गुज़रता था
दूर देश के रहने वाले, सरहद पे लड़ने वाले
कुछ जुदाई के हालात वाले, कुछ मतवाले दिलवाले
लेके सहारा इन ख़तों का अपना अफ़साना लिखा करते थे
उन्हीं के भरोसे जीते-मरते और क़समें खाया करते थे
जिनको आता नहीं था पढ़ना, वो भी कहां चुकते थे
खाक़ी वरदी वाले डाकिये की पल-पल राह तका करते थे
ख़त देने के साथ-साथ उससे पत्र भी पूरा पढ़वाया करते थे।

क्या दिन थे वो भी,
जब हम ख़तों में ही मिल जाया करते थे।

ख़ुशी

कब लम्हें की शाख से टूट
आंचल में गिर जाती हो
कब आंखों के आंसुओं में
पिधलकर फिसल जाती हो
ख़ुशी तुम कभी टिक क्यूं नहीं पाती हो!

मांगने पर मिलती नहीं हो
इंतजार तुम्हारा बेकार है
मुट्ठी में बंद होती नहीं हो
रेत की धार-सी फिसल जाती हो
ख़ुशी तुम कभी टिक क्यूं नहीं पाती हो!

पीछे तुम्हारे दौड़ते सब हैं
जुगनू-सी चमकती हो
तितली-सी फुदक जाती हो
फ़िजाओं में खुशबू बिखेरती हो
ख़ुशी तुम कभी टिक क्यूं नहीं पाती हो!

दिल में कहीं छुपी बैठी हो
अंतर्मन के झरोखों में बसी हो
संयमित मन की चाकर हो
उम्मीद की डोरी से बंधी हो
ख़ुशी तुम कभी खुद थक तो नहीं जाती हो।

कभी कभी टिक जाया करो
होठों पे मुस्कुराहट लाया करो
ज़िन्दग़ी लोगों की महकाया करो
दास्तान बने न बने अफ़साने बनाया करो
ख़ुशी तुम कभी खुद भी ख़ुश हो जाया करो।

कांटों-सी चुभती बातें

तब कांटों-सी चुभती थीं तेरी बातें मां
आज फूल बन राहें मेरी महकाती हैं।
शूल-सी लगती थीं तुम्हारी आवाज़ बाबा
वही अब मुश्किल घड़ी में मुझे सहलाती है।

तीर-सी बातें तुम दोनों की चुभती थीं
अब तरकश में मेरे सीख बन तनी रहती है।
सुई की नोक-सी चुभन देती थीं ज़माने की बातें
अब वही सुई दर्द की तुरपाई कर हिम्मत बंधवाती है।

चुभन कैसी भी हो, ज़रा बुरी लगती है
जीवन की हर राह कहां हरी लगती है
मीठे-खट्टे अनुभव मिलते रहेंगे मगर
धीरज-ध्येय, सहन-समझ का हों साथ
निश्चित है जीवन-नियति ज़रूरी बदलती है।

ये तय है

अंत में हम सभी कहानी बन जायेंगे तय है
फिर क्यों ना ढूंढ़े, कहानी में कहां लय है।

अपने अल्फ़ाजों से किसी की खामोशी
को तोड़ होठों पे उसके मुस्कान भर दें।
थकी बोझिल हुई पलकों में कुछ खट्टे
कुछ मीठे ख़्वाब बुन ज़िन्दग़ी रंगीन कर दें।

अंत में हम सभी शून्य में समा जायेंगे तय है
तो क्यों न समझें प्रयास कितने प्रयोजनमय हैं।

प्राप्ति को एकल लक्ष्य न मान उस तक
पहुंचने के गंतव्य को आनंद से भर लें।
प्रेम के धागे कच्चे हैं, ये सही है मगर
उनमें उलझने वाली वो गांठ ने पड़ने दें।

अंत में हम सभी यादों में रह जायेंगे तय है
चलो अभी सुनें समय की अविरल जो लय है।

किस्मत के पन्नों और हाथों की लकीरों में
कुछ अपने खुशी से बीते पल छुपा लें।
मन के भीतर छुपे सुंदर अहसासों की बना
एक बंदनवार दिल के दरीचों में सजा लें।

अंत में हम सभी उस पार उड़ जायेंगे तय है
आओ ना जी लें जी भर के किसका भय है।

इसके पहले कि तस्वीरों के रंग बेरंग हो लें
शाखाओं से बिछड़ परिंदे अंतिम उड़ान भर लें
इष्ट और अनिष्ट के खेल से मुक्त होते हैं
जो मिला कम तो नहीं, उसी में युक्त होते हैं।

कर लूं श्रृंगार

जी भर कर लूं श्रृंगार
पिया मिलन को आयेंगे
कैसा करुं मैं श्रृंगार!

जो वो यहीं रुक जायेंगे
मैं बन जाऊं बांसुरी उनकी
जो वो कृष्ण रूप में आयेंगे।

सुन मेरी मीठी तान
शायद यहीं रुक जायेंगे!
या बन डोरी छू आऊं फ़लक
जो वो मेरी पंतंग बन जायेंगे
शायद यहीं रुक जायेंगे!

बन जाऊं काली कजरी
जो वो मेरा अंबर बन जायेंगे
इठलाती डोलूं संग उनके
शायद अपने रंग सम ही कर जायेंगे।

बरखा का पानी बन जाऊं
जो वो बादल बन जायेंगे
इठलाते हुए घूमेंगे दोनों
फिर शायद कहीं बरस जायेंगे।

बन सुरमा नैनों का
पलकों पे मैं झूमूंगी
प्रेम पाश में लुभा उनको
फिर शायद दिल में ही समा जाऊंगी।
सरिता बन कल-कल
बहती जाऊं निच्छल
देख मेरा बहता रूप
सागर बन पास बुलायेंगें।

बन जाऊं मैं रोली
जो वो अक्षत बन जायेंगे।
मस्तक पर फिर वो अपने
टीका बना सजायेंगे।
बन जाऊं धूप
जो आफ़ताब बन जायेंगे।
साये जैसे साथ चलूंगी
एक-दूजे के हम पूरक बन जायेंगे।

जी भर कर लूं श्रृंगार
पिया मिलन को आयेंगे।

ज़िन्दग़ी मयस्सर होंगी

कमान के तरकश में
कोशिशों के तीर हों
तकलीफ़ कितनी भी मिले
बस हौसले बुलंद हों
तो ज़िन्दग़ी मयस्सर होंगी।

फ़ूल इतने हों बाग़ान में
खुशबू उनकी महकती रहें
कांटे आए हज़ार राहों में
मुश्किलें शर्मिंदा होती रहे
तो ज़िन्दग़ी मयस्सर होंगी।

ऐतबार अपनों पे इतना रहें
फासलों के मायने न रहें
ख्वाहिशों के समन्दर से
मोती अपने नसीब में हों
तो ज़िन्दग़ी मयस्सर होंगी।

हालात ऐसे बनाते रहें
मोहताज कभी न रहना पड़ें
बेखौफ़ से इस सफ़र में
दुआओं की तासीर बुलंद हों
तो ज़िन्दग़ी मयस्सर होंगी।

पतझड़ कितने भी आयें
बसंत की हरसू आस रहें
शीत पर्वत के उस पार
बहारों का अहसास रहें
तो ज़िन्दग़ी मयस्सर होंगी।

ऐसी भी तो बरसात आती है ना

क्षितिज को धूमिल करती
शीतल चांदनी को मलिन करती
काली घटाओं के साथ बरसती
ऐसी भी तो बरसात आती है ना!

बिछड़े हुए के विरह का गीत बन जाती
प्रेमियों के जुदाई का सबब बन जाती
नैनों के नीर संग बह जाती
ऐसी भी तो बरसात आती है ना!

लहरों को मचलने के लिए उकसाती
किनारों की सीमाओं को तोड़ना सिखलाती
पानी संग तांडव मचाती
ऐसी भी तो बरसात आती है ना!

कच्चे घरों के छप्पर उड़ाती
दरवाजों की चौखट लांघती
लोगों के सुकूं का घात करती
ऐसी भी तो बरसात आती है ना!

इंद्रधनुषी नभ को करती
धरा पर खुशहाली फैलाती
नव जीवन का संचार करती
कुछ ऐसा भी कर जाती है ना!

नीरस आंखों में आस जगाती
प्यासों की असीमित प्यास बुझाती
खुद जुदा हो अपने प्रेमी बादल से
धरा पर हरियाली का संकेत देती है ना!
ऐसी भी तो बरसात आती है ना!

ऐ ज़िन्दग़ी जरा थाम के रखना

तुझसे मिलने की बेख़ौफ़ तलब जागी है
फ़लक छूने की अदनी सी तड़प जागी है
थाम के रखना इन बहकते पांवों को मेरे
जद्दोजहद से आज ज़रा-सी फुरसत मांगी है।

तल्ख़ हवा और भी सर्द-सी हुई जाती है
महकाती ये फ़िजा मानो गुम-सी हुई जाती है
थाम के रखना हसरत भरे इस दिल को मेरे
चंद ख्वाहिशें आंखें खोलकर फिर जागी हैं।

बेज़बान बोझिल-सा वक़्त का हर लम्हा है
ज़र्रा-ज़र्रा गुमसुम तन्हा-सा हर एक खड़ा है
थाम के रखना फड़फड़ाते इन ख़्वाबों को मेरे
तेरी कमान से लगकर उड़ने की चाह जागी है।

अपने ही बहते आंसुओं से धुल-सी गई हूं
कुछ कर गुज़रने की तलबगार हो गई हूं
थाम के रखना रंजिश भरे बेकार ख्यालों को
बुझे चिराग़ों को आफ़ताब बनने की चाह जागी है।

निब वाले पेन की कहानी

कैमलिन की स्याही से चलता था
ड्रॉपर से स्याही जिसमें भरते थे
बुक स्टॉल पर शीशी में भरी वो स्याही
दो-पांच पैसे में ही बिका करती थीं
जितनी ड्रॉप चाहो, उतनी मिला करती थीं।

गरम पानी में डाल निब को धोते थे
ब्लेड से निब को चीर कर कचरा निकाल
खुद को इंजीनियर सम समझते थे
समय-समय निब को चैंज करते थे
हाथों से जो न निकले जो वो कभी तो
दांत-जीभ-होंठ नीला करके मुंह से खींचा करते थे।

काग़ज़ पे स्याही छिड़क उसको चैक करते थे
गिरी स्याही को पन्नों में दबा
तितली बना खुश होते थे
और इन गिरी बूंदों पर निब लगाकर
स्याही सोखने की क्षमता नापना
कोई बड़े सांइटिस्ट से कम न होता था।

जो कभी ना चले वो पेन तो अपने
हाथों को झटक स्याही छिड़कना
किसको नहीं भाता था
शर्ट पे स्याही लगा घर जाने का मजा
कुछ और होता था

आख़िर पढ़ाकू बच्चों की लिस्ट में नाम जो
अपना होता था।

वो भी एक ज़माना था, ये भी एक ज़माना है।
पढ़ना लिखना जिससे सीखे
अब उसको हाथ भी नहीं लगाते
पेन की क्या बात करुं, अब तो
उंगलियों से ही सब पढ़-लिख जाते।

ख़ुद पे ऐतबार

क़ाफ़िले का इंतजार कब मैंने किया
कारवां से हर बार परहेज़ ही किया
राह खुद की बनाईं और ख़्वाबों पर
अपने हर बार मैंने ऐतबार किया।

मुस्कुराहटों को अपनी ढ़ाल बना
ग़म की तलवार को बखूबी झेल लिया
बेहिसाब आंसुओं पे ख़ुद के ऐतबार कर
अकेले में ही कपोलों को सराबोर किया।

कड़कती धूप, बिखरी सांझ, सिहरती रातें
उदास लम्हें, तन्हां पल, रंग बदलते मौसम
इनसे मिले हर बिखरे अहसास को झेल
अपने दर्द का हवा में मैंने गुब्बार किया।

तक़दीर का हाथ सर पर रहें न रहें
राहों में ग़ैरों के कदम साथ दें न दें
मंज़िलों की दूरी की परवाह किए बग़ैर
हर तूफ़ां-ए-दरिया को ख़ुद ही पार किया।

बादल बरखा का अनूठा प्यार

इठलाता हुआ चला था बादल
भर बरखा को अपने आंचल
किसकी बुझानी है आज प्यास
किस किस को है मेरी आस!
पर ये क्या! बरखा थी बड़ी उदास
जवाब देना न आया उसको रास।

बिलख-बिलख कर रोने लगीं
बहाने लगी अपना नीर
क्यूं करते हो मुझे खुद से जुदा
भरने किसी और की पीर
जब भी छू लेते तुम मुझको
हो जाती हूं मैं कितनी अधीर!

प्यार भरी निगाहों से करते हो मेरा हरण
बाहों में समेट समा लेते हो अपने भीतर
फिर क्यूं देते हो बिछुड़न की ये पीड़न
बोला बादल - अरे पगली!
अपने इस मिलने बिछड़ने से
होता है बहुतों का उपकार
चलती है उनकी दुनिया
बसता है उनका संसार!

और अपना क्या है!
जहां दिखेंगी अगली बार तेरी छवि
भर लूंगी फिर तेरा नीर
बुला लूंगा फिर अपने क़रीब
समेट लूंगा फिर से बाहों में
चलेंगे इठलाते हुए गगन में
तुम और हम
मिलने बिछड़ने से ही तो सजती है
जीवन की ये सरगम।

आज के सन्नाटे

ख़्वाब दिखते सभी
मगर उन्हें पूरा करता कौन है!
रूह में नासूर जम से गये हैं
अलाव लगाता कौन है!

मौन के अधरों पर एक विलाप-सा ठहरा है
क्रंदन सुनता कौन है!
विरह की काली रात खामोश गुहार लगाती है
चुप्पी तोड़ता कौन है!

सन्नाटों के पुख़्ता रंग, बेरंग कवच ओढ़ते हैं
बदरंग रहता कौन है!
झूठ का मुखौटा, पल पल बदलता है
कसौटी पे उतरता कौन है!

शून्यता का अहसास, दम घोटता है
खालीपन भरता कौन है!
विवेक का विनाश, बेख़ौफ़ फैला है
सृजन करता कौन है!

आदि अनंत

जब असत्य नहीं था
सत्य भी नहीं था।
तब क्या था!

जब ब्रह्माण्ड नहीं था
आकाश भी नहीं था
तब क्या था!

शिव का स्वरूप था
प्रकृति का बोध था
शक्ति का वर्चस्व था
आदि का अंत था
अनंत की आदि थीं
आदि अनंत का समागम था
उसी शक्ति को समर्पित
ये सांसारिक क्रम था।

कभी कभी

कभी कभी
बीते पलों को फिर से जीकर
उन पलों से मिली खुशी को
महसूस करना चाहती हूं।

कभी कभी
छोटी नन्हीं-सी बच्ची बनकर
मेरी मां की आंखों में छुपी खुशी
देखना चाहती हूं।

कभी कभी
वहीं कौतूहल वाली नज़रें जिनसे
बाबा की राह तकती थी
उनको पाना चाहती हूं।

कभी कभी
बचपन की स्कूल जाकर
सहेलियों से बतियाना चाहती हूं।

कभी कभी
वो पुरानी कॉलेज जाकर
कैंटीन में बैठ एक कप चाय
पीना चाहती हूं।

कभी कभी
शादी के बंधन में फिर बंधकर
उन सप्त फेरों के पावन बंधन
को समझना चाहती हूं।

कभी कभी
अपने बच्चों के साथ उनके बचपन में
लौटकर थोड़ा और
हंसना चाहती हूं।

कभी कभी
एकांत में बैठकर उस परम आत्मा
को महसूस कर उनमें
खो जाना चाहती हूं।

कहां ज़रूरी है

जन्मों से रूह में बसी
तुम्हारी सांस-सी हूं
बंधनों में रहना कहां ज़रूरी है!
तुम जानते हों मुझे
बस इतनी काफ़ी है
मशहूर होना कहां ज़रूरी है!

सितारों से सीख
टिमटिमाने में खुश हूं
मुझे चांद समझना कहां ज़रुरी है!
नदिया-सी मीठी बहती
तुमको छू जाती हूं
तूफ़ानी बनना कहां ज़रूरी है!

तुम्हारी कविता बन
शब्दों में बिखरती हूं
आवाज़ बनना कहां ज़रूरी है!
रातें गुज़रती हैं
तुमको याद करते-करते
सहर का आना कहां ज़रूरी है!

सहरा में तुम्हारा अब्र
मेरी धरा में घुल जाता है
क्षितिज छूना कहां ज़रूरी है।

मैं लाल गुलाब

परत दर परत खुलने दो
कली से फूल बनने दो
खुशबू अपनी फैला जाऊंगी
रंगों से सराबोर कर जाऊंगी।

लाल रंग की क्या बात करूं
हर रंग में निखर जाऊंगी
साथ तुम्हारा हों प्यार तुम्हारा हों
हर रंग का गुलाब बन संवर जाऊंगी।

कांटों को मैं संभाल लूंगी
पात से घिरना सह लूंगी
बिन बात न तोड़ना मुझको
वो दर्द मैं न झेल पाऊंगी।

हां मैं नारी हूं
नाज़ुक मुलायम खिलती
गुलाब की क्यारी हूं
बाग़बान तुम बनना
उजड़ने न देना मुझको
वफ़ा जफ़ा का नहीं पता
हर सफ़ा-सा पाक रखना मुझको।

एक मुलाक़ात

कभी-कभी एक मुलाक़ात करना चाहती हूं
बीते पलों से मिली खुशी से दोबारा मिल
मां की आंखों से बरसते उस प्यार को देखना चाहती हूं।
पापा के दिये आशीर्वाद की तपिश के लिये
एक मुलाक़ात कर बचपन फिर से जीना चाहती हूं।

गुम हुए अलहड़पन में फिर से इठलाकर
खोई हुई लबों की मुस्कुराहट पाना चाहती हूं।
गरदिश से निकल एक मुट्ठी आसमान
अंधेरों को चीर हर कोनों को रौशनी से भर
एक मुलाक़ात कर ज़िन्दग़ी को गले लगाना चाहती हूं।

क्यों इतना मुश्किल है एक मुलाक़ात करना!
क्यों वक़्त के पहिये ने बांध लिया है हमको!!
पुरानी यादें छोड़ो, अभी के पल भी अजनबी बन गये हैं
कब हाथ से रेत की तरह फिसल जाते हैं
अतीत की क्या बात करूं, वर्तमान भी पकड़ में आता नहीं!
एक मुलाक़ात कर, उस ऊपर वाले से पूछना चाहती हूं
क्यूं वक़्त तेरी तिजोरी में महफ़ूज रहता नहीं!!

बड़ा ख़तरा है

वक़्त के लम्हों को किसने कब पकड़ा है
अपनी बाहों में कब किसी ने जकड़ा है
ज़रा यादें बनाकर दिल के घरौंदें में सजा लो
वरना वहां से उड़ जाने का ख़तरा है।

बहती हवा के झोंकों को कहां कोई पकड़ पाता है
कब कोई इसके साथ बह पाता है
समय रहते ख़्वाबों को पंख देकर उड़ लो
बरना उनके भी अधूरे रहने का ख़तरा है।

दिल की सांसों को कौन गिनता है
कब वो साथ छोड़ दें किसको पता है
किसी और के दिल में जगह बनाकर जी लेना
वरना विलीन हो जाने का ख़तरा है।

कदमों के निशान कहां किसी के हमेशा दिखते हैं
रोज़ ही बनते और रोज़ ही बिखरते हैं
प्यार और इकरार की राहें बनाकर चलना
वरना निशान भी मिट जाने का ख़तरा है।

ताउम्र कौन साथ निभा पाता है
मौत का सिलसिला तो हर पल जारी रहता है
जितनी मिली ज़िन्दग़ी वो खुशियां बांटने में लगा लेना
वरना नाम-ओ- निशाँ भी न रहने का ख़तरा है।

बड़ी पेचीदा है ये मुश्किल ज़िन्दग़ी
हर पल कुछ न कुछ बदलता रहता है
जितना समझ आये उसे समझकर जी लो
वरना नासमझ कहलाने का ख़तरा है।

हां मैं ऐसा चाहती हूं

हां मैं दिलों में रहना चाहती हूं
जैसे शब्दों में मात्रा रहती है
जैसे घरौंदों में तिनके बसते हैं
मैं बस वैसे ही रहना चाहती हूं।

हां मैं थोड़ा दिखना चाहती हूं
जैसे हवा में कण दिखते हैं
जैसे बादल में रंग दिखते हैं
जैसे फूलों पे ओस चमकती है
मैं बस वैसे दिखना चाहती हूं।

हां मैं कुछ कहना चाहती हूं
जैसे पतों की सरसराहट कहती है
जैसे बारिश की छमछम बजती है
जैसे पायल की रुनझुन कहती है
मैं बस वैसे कहना चाहती हूं।

हां मैं कुछ सुनना चाहती हूं
जो फल तितली से सुनते हैं
जो बारिश चातक से सुनती है
जो किनारे लहरों से सुनते है
मैं वो सब सुनना चाहती हूं।

सागर की छोटी-सी बूंद

वो सागर की छोटी-सी बूंद
कितनी प्यासी-सी रहती
अथाह समुद्र में विचरण कर आती
मीठे पानी को फिर भी तरस जाती!

वो गुलाब के साथ खिला हुआ कंटक
कितना कोसता अपनी किस्मत को
महकते गुलज़ार के साथ रहता हर पल
स्पर्श को फिर भी तरसता जीवन भर!

अम्बर में टिमटिमाता छोटा तारा
कितना डरता अमावस के आने से
अभ्र में साथ लाखों साथी संगी
चांद के बिना कहां चमकते हैं सारे!

नियति कहां सबकी एक-सी
किसी के मन का भ्रमर चखता मकरंद
किसी का मन घूमता है बेबाक स्वछन्द
किसी के मन में चलता हर पल का द्वंद्व।

रिश्ते की दो कड़ी

मेरी ज़िदग़ी के दो अनोखे रिश्ते
एक जिसने मुझे जनम दिया
एक जिसे मैंने जनम दिया।

एक ने सारा प्यार मुझ पर लुटाया
दूसरी पर मैंने सब न्यौछावर किया।
एक ने अपनी मिली ज़िंदग़ी से खुशियां बटोरीं
एक ने जहां खुशियां मिलीं वहीं ज़िंदग़ी बसा लीं।

एक ने मेरे आंसू को रुकने पर कायनात लगी दीं
एक ने ख़ुद आंसू छुपाकर मेरे आंसू रोक लिये।
एक ने मेरे आवाज़ पहचान मेरा हाल जान लिया
एक ने चेहरा पढ़कर ही मेरा दुःख भांप लिया।

एक ने अपनी आंखें भर ली मुझे विदा करते हुए
दूसरी ने मेरी ही आंखें भर दीं विदा होते हुए!!
एक मेरा अतीत, मेरी मां जिसने बढ़ाया मेरा सम्मान
एक मेरा आज, मेरी बेटी जिसने दिलाया मुझे मान!

ख़्वाबों की दुनिया

ख़्वाबों की भी अपनी
अलग ही दुनिया होती है।
कभी किसी की ज़िन्दग़ी बन जाते हैं
कभी टूटकर कविता में ढ़ल जाते हैं।

कभी बेज़ान पुस्तक के सूखे फूल बनकर
कभी खिले गुलाब की तरह महक जाते हैं।
कुछ बिखरे हुए ख़्वाब मचलते, छलकते हैं
कभी कहीं मसले हुए ख़्वाब खूब तड़पते हैं।

आंख के कोने से टपके तो दरिया समंदर और
कभी खलिश बन सीधा दिल में ही बह जाते है।
कुछ ख़्वाब आंखों में रहने को मजबूर हो जाते हैं
कुछ ख़्वाब लेकिन पराई आंख भी भीगो जाते हैं।

कभी बंद कर जुबां दिल पे सांकल लगा जाते हैं
कभी चुपचाप कड़वा घूंट भी पिला जाते हैं।
पर वो हसीं ख़्वाब जो जीने का जज़्बा दे जाते हैं
उन्हीं के भरोसे रोज़-रोज़ ख़्वाब देखे जाते हैं।

मत रोको उसको

दायरों को तोड़ने से मत रोको उसको
सती-जौहर की प्रथा बहुत निभाई है।
साहस से मुक़ाबला करने दो उसको
मुद्दतों से ख़्वाब सजाती आई है।

सपनों को साकार करने से मत रोको उसको
चीख़ें सालों तक इसकी गुमनाम रहती आई है।
आवाज़ उठाने से मत राको उसको
मर्यादा के नाम हर बार बलि चढ़ाई है।

अब खुली हवा में उड़ने से मत रोको उसको
तोरन बन रिश्ते-नाते बहुत सजाती आई है।
बेबाक़ महकता फूल बनने से मत रोको उसको
देवी बनाकर बहुत पूजी-पुजाती आई है।

जी ले ये पल

जी ले ये पल
जीवन है यही एक पल।

इसमें खोज मत ख़ुशी
बना खुद अपनी हंसी
बहकता जा पल पल
भरता जा प्याला
मुड़कर पीछे न देख
कल के सपने न बुन
जीवन है यही एक पल।

डर के न जी
बस समझता जा
सीधी-सी है ये ज़िन्दग़ी
अबूझ पहेली न बन
जीवन है यही एक पल।

हर पल यादग़ार बना
खुद के ही सपने ले
किसी को रौंदने न दे
खुद ही बन मांझी
सम्भाल अपनी पतवार
समंदर चाहे कितना उफने
कर उसको पार इस पल
जीवन है यही एक पल।

छलावा

रंग बदलती इस दुनिया में हर पल
हमने इंसानों का रंग बदलते देखा।
भरोसा ऐतबार विश्वास वफ़ादारी
इन सिक्कों को खोटे निकलते देखा।

ज़माना सिर्फ़ खुदगर्ज़ी का रह गया
वफ़ादारी को भी नित नये रंग में देखा।
कभी हालात कभी वक़्त का तक़ाजा
इनके बहाने से रिश्तों को बिखरते देखा।

रूहानी रिश्तों का दम भरने वालों को
धोखे से प्यार का मायाजाल बुनते देखा।
बेलिबास ख्वाहिशों-आरजुओं को
कश्मकश में सिसकते-बिलखते देखा।

सच्चाई का अंशुक लेकर चलने वालों को
बनावटी और बनावट के मुखौटे चुनते देखा।
रंग बदलती इस दुनिया में नित नये
स्वांग में इंसानों को रचते-बसते देखा।

जीवन

न कोई राह, न कोई अंजाम का पता है
न कोई साथी, न किसी साथ का पता है
न कोई ठिकाना, न किसी ठौर का पता है
फिर भी देखो हर किसी को हर तरफ
जीवन-महफ़िल को सजाने में लगा है।

दौड़ रहा है भाग रहा है हर कोई हर ओर
दिखता आदि न अंत किसी का किसी छोर
निहतार्थ में डूबे मिलते हर अर्थ का ये दौर
फिर भी देखो हर किसी को हर तरफ
अनर्थ को अर्थ से बहलाने में लगा है।

खेल वक़्त का बहुत भरमाता है
उठना-गिरना कौन समझ पाता है
जीवन कितने सपने बुन जाता है
कितने मिलते कितनों से बिछड़ जाता है
फिर भी देखो हर किसी को हर तरफ
घाव चाहे अनचाहे सहलाने में लगा है।

कहीं सोच की जंजीरें, कहीं जंजीरों की सोच है
कहीं आज़ादी की लहरें, कहीं बंधनों की लोच है
कहीं जीवन के उत्सव, कहीं दारिद्रता का दोष है
फिर भी देखो हर किसी को हर तरफ
जीवन कला सीख, जीवन प्रेम जताने में लगा है।

तपिश

निशब्द गतिमय
एक छोर से दूसरी ओर
तपता, झुलसता, सुलगता
एकल विचरण करता
नव सृजन करता, करवाता
आत्मशुद्धि की ओर ले जाता
वो ऊर्जाधारी कभी-कभी
अपनी तपिश से घबराता
तिमिर को तरसता है क्या!

चांद के साथ सितारों को
चमकता देख अपनी गरमी
से घबराता है क्या!

तपिश उतनी हों
कि साथ सबको लेकर चलें
ताप ऐसा हों
कि चमक सबकी बढ़ें
ऐसा पाठ सबको पढ़ाता है क्या!!

भ्रम

आसक्ति
पूर्णता का अहसास
संवदेनाओं की तृप्त अवस्था।

हम जकड़े रहते हैं इनमें
जंजीरों से बांध खुद को
संपूर्णता की भ्रांति पाले
मृगतृष्णा को खोजते रहते हैं।

एक झीनी-सी अदृश्य परत
जो सत्य असत्य को
विभाजित करती है
उसकी बस टोह लेने की ज़रूरत है।

मोह माया के नितांत अव्यय
के टूटने भर की देर है
और सब माया जाल
बिखर जायेगा!

सच्चाई का अक्स ओढ़ बैठे
वो भ्रम फिसल जायेगा
आदि अनंत का सार
समझ आ जायेगा।

ख़ुश तो मैं बहुत थी

याद है मुझे अंगुली पकड़कर चलाना तुम्हें
ना मालूम कब अंगुली छोड़ी
और बड़ी हो गईं तुम!
ख़ुश तो मैं बहुत थीं,
पर पता ही नहीं चला
कब बड़ी हो गईं तुम।

याद है स्कूल जाना-आना तुम्हारा
ना मालूम कब और कैसे
खुद ही कॉलेज पहुंच गईं तुम!
ख़ुश तो मैं बहुत थीं,
पर पता ही नहीं चला
कब बड़ी हो गईं तुम।

याद है घर से विदा होकर ससुराल जाना तुम्हारा
ना मालूम कब पराये घर को
सजाना संवारना सीखा तुमने!
ख़ुश तो मैं बहुत थीं,
पर पता ही नहीं चला
कब बड़ी हो गईं तुम।

याद है घर आंगन में हंसना-गाना-खेलना तुम्हारा
पर जब तुमने खुद नन्हीं जान
के आने की ख़बर दीं
ख़ुश तो मैं बहुत थीं,
पर पता ही नहीं चला

कब बड़ी हो गईं तुम।

याद है अपनी नन्हीं जान के कदमों को सम्भालना तुम्हारा
देखकर अपनी दुनिया में व्यस्त तुम्हें
ख़ुश तो मैं बहुत थीं,
पर पता ही नहीं चला
कब बड़ी हो गईं तुम।

याद है आदत से गुड़िया ही समझना तुम्हें
गुड़िया समझ हर पल पूछना-जताना तुम्हें
ख़ुश तो मैं बहुत थीं,
पर पता ही नहीं चला
कब बड़ी हो गईं तुम।

याद है अपनी नयी दुनिया में वही सब करते देखना तुम्हें
जो करते-करते बिताया था जीवन मैंने अपना
ख़ुश तो मैं बहुत थीं,
पर पता ही नहीं चला
कब बड़ी हो गईं तुम।

पहुंची हूं जीवन के उस मोड़ पर आज मैं
बहुत बताना-सिखाना चाहते हैं जहां हम
पर समय चुप रहने का इशारा कर जाता है
ख़ुश तो मैं बहुत थीं,
पर पता ही नहीं चला
कब बड़ी हो गईं तुम।

अब मैं ऐसे जीती हूं

अब मैं ऐसे जीती हूं
सुनती सबकी हूं
पर करती मन की हूं।

अपने तरीक़े से बाकी का सफ़र करती हूं
कभी सवेरे भजन की जगह
किशोर दा को सुनती हूं।
लम्बी वॉक की जगह
प्यारी सहेलियों से मिल
लम्बी बातें करती हूं।
कभी दूर तक निकल
ताज़ी हवा में घूम आती हूं
कभी झरोखों में बैठ
चिड़ियों से बतियाती हूं।
योग-ध्यान में मन न लगें अगर
जुम्बा कर अपनी अलसाई
ज़िन्दग़ी में जान डालती हूं।
कभी घुंघरू बांध अपनी
धुन में निकलती हूं।
शॉपिंग चाहे कुछ करनी हों
बड़ा-सा झोला, पर्स हाथ में
टांग मॉल तक टहलने निकती हूं।

कभी कुछ बनाने का मन करें
मोबाइल से नंबर घुमा
खाना-पीना ऑर्डर करने में

अब देर नहीं करती हूं।
खुद के लिये ही संवरती हूं अब
नित नये कपड़ों में निकलती हूं।
सेल्फी लेने में भी देर नहीं करती अब
नित नये गुलमोहर के
रंगों को नज़रों में समेट लेती हूं।
फूलों की खुशबू को अपने अंदर बसा लेती हूं।

ऐसा नहीं है कि मैं किसी क़ैद से निकली हूं
या जीवन में खुशियों की कमी महसूस करती हूं
लेकिन उम्र के इस पायदान पर
अब अपने समय का
अपने मन चाये तरीक़े से
जीवन का मन रखती हूं।

कविता कहां है

मेरी कविता कहां सिर्फ़ कविता होती है
लय और छंद से बनी किताब होती है।
रंग-बिरंगे ख्यालों की जुबान होती है
मेरी कविता कहां सिर्फ़ कविता होती है।

छिपी हुई हसरतों को बेनक़ाब करती है
दिल को परत-दर-परत खोलती है
अल्फ़ाजों की दुनिया में बसर करती है
मेरे दिल का हाल बयां करती है
मेरी कविता कहां सिर्फ़ कविता होती है।

पलकों पर झूलते ख़्वाबों की नैया बना
खुद बेख़ौफ-सी मांझी बन जाती है
शब्दों की नदी बना साहिल को खोजती रहती
अकेले ही मौजों पे रवां होती है
मेरी कविता कहां सिर्फ़ कविता होती है।

पुराने संदूक से निकल हसरतों का
बना पुलिंदा यादों को फिर जवां करती हूं
भूले-बिसरे लम्हों की फिर से जीने की चाह जगाती
सुकून भरी सुहानी-सी पूर्वा होती है
मेरी कविता कहां सिर्फ़ कविता होती है।

रूह की दबी ख्वाहिशों का लिबास पहना
हक़ीकत की दुनिया में ना सही
कोरे पन्नों पे ही संवारने का कारज करती है
जज़्बातों को मेरे बहकने की हवा देती है
मेरी कविता कहां सिर्फ़ कविता होती है।

चलो सखी कहीं दूर चलते हैं

चलो सखी कहीं दूर चलते हैं
ज़िम्मेदारियों को भूलकर
नया आसमान खोजते हैं।

कब, क्या, क्यूं और कहां!
इस बात का टेन्शन पीछे रखते हैं।
बस ठंडी-सी पूर्वा के झोंकों के साथ
सुहानी दौड़ दौड़ते हैं।

इनका ऑफ़िस, उनका स्कूल
इनकी चाय और उसकी दवाई
छोड़कर सारे ताने-बाने
दिन का टाइम पास नया सोचते हैं।

ज़रा किसी रात मिलकर
पजामा पार्टी में गुनगुनाकर
बेमतलब के ठहाके लगा, बेसुध-से पड़े रहकर
आग़ाज एक नये सवेरे का करते हैं।

मेरी परेशानियों पर तुम हंस लो
तुम्हारी तखलीफ़ों की मैं पतंग बना लूं
कुछ तुम कह लो, कुछ में गुनगुना लूं
वक़्त को कुछ अलग तरीक़े से जी लेते हैं
चलो सखी कहीं दूर चलते हैं।

ज़िन्दग़ी मेरे घर कब आओगी

कहीं दूर पेड़ पर चहक रही थीं
पवन के साथ कहीं घूम रही थीं
गगन को झरोखों से निहार रही थीं
ज़िन्दग़ी ज़िन्दादिली से मुस्कुरा रही थीं
मैंने भी पूछ लिया -
इन हसीन वादियों से मेरे घर कब आओगी?
बोलीं वो - रंग-बिरंगी तितली की तरह छू जाऊंगी
भंवरे की तरह कानों में गुनगुनाऊंगी
कभी रात का बिछोना बना दूंगी
सितारों को तुम्हारी चादर बना दूंगी।
कहीं किसी रूप में तो आ जाऊंगी।

कोमल चांद की शीतलता बन जाऊंगी
या मचलती हुई उदंड लहरों में बहा ले जाऊंगी
बरखा की तरह बरस जाऊंगी
या बादल की तरह बिखर जाऊंगी।
कहीं किसी रूप में तो आ जाऊंगी।

रातरानी की खुशबू-सी महकूंगी
या गुलाब के कांटों संग रहना सिखाऊंगी
बहारों की तरह खुशनुमा बन जाऊंगी
या पतझड़ सम झड़ जाऊंगी।
कहीं किसी रूप में तो आ जाऊंगी।

पर हां, तुम वादा करो मुझसे
हर पल साथ दोगे मेरा
अपना समझ अपना लोगे मुझे
मुस्कुराओगे हर रूप देखकर मेरा।

तस्वीर

उस चौखट से निकलना नामुमकिन होगा
उसकी चारदीवारी में शायद दम घुटेगा
चेहरे पे जो मुस्कान होंगी वो वैसी ही रहेंगी
कैसी भी हो तक़लीफ़ एक आंसू भी न आयेगा
प्यार-इज़्ज़त तो पाती रहोगी कुछ-एक साल
मगर ज़िन्दादिली से न जीने का मलाल रहेगा
उस दीवार पे टंगी तस्वीर के फ्रेम में सजी-संवरी
मुझ और तुम्हारे जैसे कई फ़सानों का ये हाल होगा।

तो समय न गंवाओ, आज, अभी, इसी पल से
हंस के जीना सीख जाओ।
कल तस्वीर में जो हो जाओगे क़ैद
फिर जी न पाओगे, हाथ मलते रह जाओगे
फ्रेम से बाहर न आ पाओगे
तस्वीर बनकर ही रह जाओगे।

तेरे हर रंग में निखरा हूं

तेरे हर रंग में निखरा हूं
तेरे हर रंग से संवरा हूं
हर पल गले लगाया है तूने।

मेरे हर ख़्वाब को ज़र्रा-ज़र्रा सींचा है तूने
जब-जब ये पथिक भटका है
तूने हाथ पकड़कर थामा है
अपनेपन का-सा अहसास जगा
बाहों में समेटा, संभाला है तूने।

जब-जब अनुरागी मन मेरा
व्याकुल और आहत हुआ है
अंधेरों की साजिश से निपटने में
लाचार-नाकाम रहा
तेरे नूर का सहारा ही काफ़ी हुआ
मुझे पता है, फ़िज़ा में बिखरे
वे सारे रंग तेरे, मेरे नहीं हैं
पर समेट लूं कुछ रंगों को अपने सीने में।

नव वर्ष

दहलीज़ पारकर साल बदलने वाला है
कुछ यादें प्यार भरी साथ चलेंगी
आशीर्वाद की तरह।
कुछ हसरतें आलता लगा उड़ान भरेंगी
नयी दुल्हन की तरह।

कुछ ज़िद्दी ख़्वाब फिर भी सतायेंगे
नटखट बच्चे की तरह।
साल तो बदल ही जायेगा
हर साल की तरह।

कुछ रंग ज़िन्दग़ी के ज़रूर बदलेंगे
बसंत बहार की तरह।
कुछ बुझे हुए चिराग़ फिर जीवित होंगे
नव अंकुर की तरह।

कुछ टूटा-बिछड़ा हुआ फिर जुड़ जायेगा
नव पल्लव की तरह।
भोर की किरण हर झरोखा रौशन करेंगी
नयी आशाओं की तरह।

चांद का रंग-रूप इस बार भी बदलेगा
बिगड़े मिज़ाज़ की तरह।
टिमटिमाते तारे साथ इस बार भी निभायेंगे
अपनों के प्यार की तरह।
साल तो बदल ही जायेगा
हर साल की तरह।

मैं जी उठती हूं

उषा के आगमन पर जब
नभ में रौशनी-सी चमकती है
मैं जी उठती हूं।

अनहद नाद के बजने पर जब
गूंज-सी निकलती है
मंदिर की घंटी बजने पर जब
सुकून-सा मिलता है
मैं जी उठती हूं।

वीरान नीरव सड़कों से जब
अनजाना-सा रिश्ता बनता है
महकती बयार से जब
नीम, पीपल, बरगद की सांस चलती है
मैं जी उठती हूं।

कहीं दूर से जब
कोई ईश को यादकर वंदन करता है
शावक के कलरव से जब
सातों सुरों की ताल निकलती है
मैं जी उठती हूं।

कुछ भीनी-भीनी-सी खुशबू से हवा जब
आशिक़ाना लगती है
अलसाई-सी आंखों का मलते हुए जब
झरोखा खोल देखती हूं
मैं जी उठती हूं।

न जाने ऐसी कितनी मीठी फुहारों से मैं भीग जाती हूं
उनको दिल के कोने में संचित कर मैं जी उठती हूं
उस सर्वोपरि रचयिता की सृष्टि का विचार कर
अचंभित हो जाती हूं।
बस उसको याद कर, नमन कर, हर्षित हो जाती हूं।

मैं लापरवाह नहीं हुई

ऐसा नहीं कि मैं लापरवाह हो गई हूं
लेकिन हां, अब सबकी परवाह करने से पहले
दो घड़ी खुद के लिये भी सोच लेती हूं।
दिखावे की तिलिस्म को छोड़
बाग़ी मन को जरा हवा देती हूं।

बिखरे समय से कुछ लम्हें
अपने लिये चुरा लेती हूं।
सूरज की पहली किरण को निहार लेती हूं
चांदनी से मन की बातें कह देती हूं।
सबकी ज़रूरत पूरी करने से पहले
ज़रा खुद को भी संभाल लेती हूं।

अपने लिये ही सही
लेकिन फिर भी
आंखों में काजल लगा
बिखरे बाल संवार
खुद पर ही इठला लेती हूं।
ऐसा नहीं कि मैं लापरवाह हो गई हूं
लेकिन हां, अब ख़ुद की भी परवाह करने लगी हूं।

देखती हूं जब आइने में अपना थका-सा चेहरा
पुरानी खिलखिलाहट को यादकर मुस्कुरा लेती हूं।
रोज़ की आपाधापी से जूझने-लड़ने से पहले
अपने भीतर के तूफ़ानों से मिल उन्हें शांत कर लेती हूं।

अपने सपनों की दुनिया ख़ुद ही जी आती हूं
दिखावे के तिलिस्म को तोड़ बाग़ी मन को हवा देती हूं
पर घरवालों के ख़्वाबों को पूरा करने में
पीछे अभी भी नहीं हटती हूं।
ऐसा नहीं कि मैं लापरवाह हो गई हूं
लेकिन हां, सबको सराहने से पहले अब
खुद के हुनर को परख खुद पर भी इतरा जाती हूं।

आया है इतना समझ, बाहर तलाश करने से बेहतर
खुद में डूबकर खुद ही को तराश आती हूं।

यादों का सुंदर सिलसिला

यादों का चला है सुंदर सिलासिला
अगर इनको भूल जातीं, तो जी नहीं पातीं।

मां का पल्लू, मां का दुलार
बाबा की डांट, उनकी फटकार
छोटे की चुगली, छोटी का गुस्सा
दादा का मेले में ले जाना
दादी की कहानियों की भरमार
चाचा के साथ रेडियो सिलॉन सुनना
बुआ के प्रेम पत्र छुपाना
जो भूल जातीं, तो जी नहीं पातीं।

वो सुबह-सुबह की स्कूल
मां की बनाई दो चोटी
टिफ़िन में अचार और रोटी
लाल वाला रिबिन और लाल मोज़े
तांगे में आगे बैठने की ज़िद
और चाबुक हाथ में लेकर
घोड़े को भगाने का ख़ुमार
जो भूल जातीं, तो जी नहीं पातीं।

स्कूल पहुंच सहेलियों से मिलना
सिस्टर्स की नज़रों से बचना
असेम्बली में प्रार्थना बोलना
पीटी सर की डांट खाना
पीछे वाली बैंच पर जगह पकड़ना

चुपके से क्रिकेट कॉमेंटरी सुनना
क्लास खत्म होने की घण्टी का इंतजार करना
कॉन्वेंट में पढ़ने का थोड़ा गुरूर करना
जो भूल जातीं, तो जी नहीं पातीं।

वो स्कूल का अंतिम साल
फेयरवैल पार्टी की चहल-पहल
पहली साड़ी ब्लाउज की तैयारी
कॉलेज जाने की खुशी के साथ
स्कूल लाइफ़ के खत्म होने का दुःख
कुछ नये अरमानों के सपने
कुछ पुरानी चीजों से विदाई
जो भूल जातीं, तो जी नहीं पातीं।

रख हौसला

रख हौसला,
जीवन के खेल में मज़ा भी आयेगा।
क्यूं तरसे प्यासा,
बादल एक दिन बरस ही जायेगा।।

थककर समय न गंवा,
मंजिल तक पहुंच ही जायेगा।
संघर्ष से न घबरा,
बस नियत साफ़ रखता जा
टूटने दे ख़्वाब,
तू बस नये सपने बुनता जा
उठक-पटक तो होंगी ही,
बस गेंद से तू सीखता जा।।

उम्मीद से मुंह न मोड़,
मनचाहे ठिकाने खोजता जा।
छूटे साथी तो न घबरा,
नये सहारे बनाता जा
गुल्ली-डंडा हो या गेंद-बल्ला,
नज़र टिका कर खेले जा
हार-जीत से न घबरा,
तू बस खिलाड़ी बन खेलता जा।।

सोचती हूं

सोचती हूं
चांद के साथ जगना है, तो अलग बात है
वरना नींद तो ख़्वाब से भी उड़ जाती है।
समंदर की लहरों से टकराना हों, तो अलग बात है
वरना गहराई तो आंखों की भी डुबो देती है।

सोचती हूं
सुर ताल से सरगम सुननी हों, तो अलग बात है
वरना घंटियां तो दिलों की भी बज जाती है।
कांटों की चुभन ही सहना हों, तो अलग बात है
वरना अपनों की बातें भी वो काम कर जाती है।

सोचती हूं
गुलाब की खुशबू ही भाती हों, तो अलग बात है
वरना महक तो रिश्तों की भी आ ही जाती हे।
किताबों से ही सीखना हों, तो अलग बात है
वरना सीख तो ज़िन्दग़ी भी दे ही जाती है।

होली के रंग

रंगों में रंग हों ऐसा
सजन का प्यार हों जैसा।
तन मन रंग लूं जिसमें अपना
अपने प्यार का खुमार हों ऐसा।

फ़ीकी है मेरी हर चुनर, फीका मेरा सब बंधेज।
तुम रंग दो रूप मेरा, बन जाओ मेरे रंगरेज़।
प्यार के रंगों से भर लूं, मैं अपनी झोली।
आओ सजन, प्रेम की मनायें ऐसी होली।

होठों पे फ़ाग चढ़ा है
बिछी सरसों की कालीन।
तुम ओढ़ा दो धानी चुनरिया
चुरा के फूलों का रंग महीन।
कर दो सतरंगी मुझको सांवरिया
नीले अंबर की चादर में लिपटूं
तुम आओ श्वेत चांदनी का दुशाला ओढ़े
सितारों को बना अपना साथी
खेले दोनों आंख मिचौली।

आओ सजन, प्रेम की मनायें हम होली।
चढ़ा लूं राधा का मैं प्रेम रंग
या रंग जाऊं मीरा के भक्ति रंग
कभी चुरा लें सुदामा सम सखा रंग
या तुम हो जाओं मुकुंद रंग रंगा निकुंज
प्रीत का लगा गुलाबी रंग

बन जायें एक-दूजे के हमजोली
आओ सजन, प्रेम की मनायें हम होली।।

आया है पावन फागुन का मास।
अंतस हमारा निर्मल रहे सदा
करे हर पल यही प्रयास।
साथ पिया संग बना रहें
झूमें हम दिन और रात
रास रंग में भीगे दोनों
रंग-बिरंगी हों चोली।
आओ सजन, प्रेम की मनायें हम होली।

मैं चली

मैं चली
तो रिश्ते-नाते साथ चलते गये
जो रुकी
तो सब छोड़ आगे निकल गये।

मैं ठहरी
तो जीवन में सबके ठहराव आया
मैं बही
तो समंदर भी मेरा खिसक गया।

मैं सँभली
तो जीवन सबका संभल गया
बेपरवाह हुई
तो हाथो से वजूद ही निकल गया।

मेरी उदासी से जहाँ अंधेरों के साये और गहराये
मेरी हँसी से कुछ निगाहो में शक के रंग उभर आये
मैं चुप रही तो बोलना सब सीख गये
मेरे बोलते ही मानो बवाल से मच गये।

हसरतों को छुपाया तो सपने सबके पूरे हुए
ख़ुद के लिये उड़ान भरी तो परिंदे भी चोंच मारने लगे
अपना जीवन. अर्पण किया तो सब पूजते गये
जो सिर उठा कर देखना चाहा तो कुचलने लगे।
हाँ, मैं आज की नारी की कहानी हूं
अर्पण समर्पण तर्पण कहूं, या कहूं क़ुर्बानी हूं।

वो तुम हो

मेरी ज़िंदग़ी के गीतो में
जो अधूरा रहा
वो संगीत हो तुम।
गोधूली भरी मेरी सांझें
जो ख़ुशनुमा न हो पाई
अधीरता का वो गीत हो तुम।

मंद मंद-सी पुरवा जिसे
मैं सह नही पाई
पवन का वो अहसास हो तुम।
ख्वाहिशें जो कचोटती रही
मगर हासिल न कर पाई
खुशनुमा तस्वीर वो खास हो तुम।

झरोखा जो भोर के सपने
दिखाता रहा मगर खुला नहीं
अवसर वो शेष हो तुम।
लम्हें जो जी नही पाये
अंत तक रहे मेरी रूह संग
भटकते पल वो विशेश हो तुम।

लय-छंद में जो बंध नही पाई
अधूरी-सी मेरी कविता का
वो रूपक हो तुम।

बोलना लिखना सुकून देता है

बोलना लिखना सुकून देता है
इसलिए -
कुछ भी लिखो
पर ज़रूर लिखो।

कविता ढ़ालो
कहानी बना लो
चिट्टियाँ लिखो
पन्नां को जान दे दो।

कोरे काग़ज़ पर अरमान लिखो
अपनी कहानी लिखो
किसी की कथा सुनाओ
मन की व्यथा उड़ेलो
सन्नाटों से निकलो
गीत गाओ
गाओ बजाओ
रंग भरो
ताल सजाओ
मुद्रा बनाओ
घुंघरू पहन नाचो
दोस्तों को याद करो
दिल को हलका करो
ख़ुद भी लिखो
सब को लिखने पर मजबूर करो
आवाज़ पर न लगाम लगाओ

उम्मीदो को समेटो
ख़ामोशियों को तोड़ो
अंधेरो से निकलो
भोर की रौशनी में नहा लो
गुलाबी आसमान कर दो
कुछ भी कर लो
पर चुप न बैठो।

क्यों लिखती हो हिन्दी में

क्यों लिखती हो हिन्दी में?

लिखने लगी जब कविता हिंदी मे
कई सवाल आए ज़िंदगी मे
अरे! जब पढ़ी हो अंग्रेज़ी मे
तो क्यूं लिखती हो हिंदी मे?

मैंने भी सोचा बहुत विचारा
बात तो सही थी जिसने भी कही थी
जब लगाया था इतना ज़ोर
याद रखने अंग्रेज़ी के तोड़
अवल आने की मचाई थी होड़
डिग्री मिलने पर हुए थे सभी भाव विभोर
फिर क्यूं नही लिखती उसी भाशा मे
अपने मन का ये शोर !

सोचा तो समझ आया
वो भावो की अभिव्यक्ति वो रूप का अलंकार
वो शब्दों व्युत्पति और वर्णों का आकार
वो स्वर और व्यंजन की मीठी-सी झंकार
हर छोटे को सहारा देता एक बड़ा है खड़ा
हर अर्ध को पूर्ण करने एक सम्पूर्ण अक्षर आगे बढ़ा
हर भाव हर रस को मानो एक पुलिंदा है
न जाने कौन कौन से रंगो से भरा पड़ा है।

शायद ये हिंदी ही मेरी सोच के

सपनो को करती साकार
इसके सारे रूप रंग बसे हैं मेरे तन मन में
कह ना पाऊंगी दूसरी भाशा को अपने कथन में
कहां ढूँढ पाऊंगी इतना प्यार
किसी और भाशा के वचन मे!

मैं कैसी हूं

मैं ऐसी हूं, मैं वैसी हूं
न जाने कैसी कैसी हूं!

मैं पानी हूं, मैं बरसात हूं
मैं चिंगारी भी, मैं आग हूं
मैं बाग़बां भी, मैं बाग़ हूं
फैलती खुशबू में
मैं खिलता हआ गुलाब हूं
हाथ न आए वो ख्वाब हूं।

मैं सूरज का तेज हूं
इन्द्रधनुषी सेज हूं
अपने सपनो की रंगरेज़ हूं
पवन का झोका भी मैं
हवा में उड़ती चिड़िया भी मैं
कभी न दिखने वाली कस्तूरी हूं
पर हां, थोड़ी बिखरी बिखरी-सी हूं।

मैं अबला हूं, मैं सबला हूं
स्थिर हूं, अडिग हूं, निच्छल हूं
पावन हूं, पुनीत हूं, परिपक्व हूं
कला भी मैं, कलाकार भी
पालक भी मैं, पालनहार भी
पर हां, थोड़ी नादान भी हूँ!

ख़ुद में ही मस्त हूं मैं

कर्मस्थ हूं, धर्मस्थ हूं मैं
और हां, मदमस्त हूं मैं
योद्धा हूं, साथी हूं, सारथी हूं मैं
अवतार हूं, अवतारों की जननी हूं मैं
दुर्याधन की भी-ओ-पुरषोत्तम की मां हूं मैं!

लक्ष्मी मैं, काली मैं, चण्डी भी मैं
मेनका मैं, रम्भा मैं, मोहिनी भी मैं
न जाने कैसी कैसी हूं मैं
समझ सको तो समझ लो
एक अबूझ पहेली-सी हूं मैं!
ना समझो तो मान लो
हर पल नयी नवेली-सी हूं मैं!!

www.ingramcontent.com/pod-product-compliance
Lightning Source LLC
LaVergne TN
LVHW092037051026
849518LV00012B/951
9788119170159